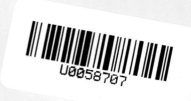

故事音檔下載

國語版 臺語版

繪本 0145

去買東西！

文．圖／佐藤和貴子
選書翻譯／林真美

責任編輯／余佩雯 美術設計／林家蓁
發行人／殷允芃 創辦人兼執行長／何琦瑜
副總經理｜林彥傑 總監／黃雅妮
版權專員／何晨瑋、黃微真

出版者／親子天下股份有限公司
地址／台北市104建國北路一段96號4樓
電話／（02）2509-2800 傳真／（02）2509-2462
網址／www.parenting.com.tw
讀者服務專線／（02）2662-0332 週一～週五：09:00~17:30
讀者服務傳真／（02）2662-6048
客服信箱／bill@cw.com.tw
法律顧問／台英國際商務法律事務所．羅明通律師
製版印刷／中原造像股份有限公司
總經銷／大和圖書有限公司 電話：（02）8990-2588

出版日期／2015年2月第二版第一次印行
2021年7月第二版第五次印行
定價／260元
書號／BCKP0145P ISBN／978-986-6759-95-6（精裝）

訂購服務
親子天下Shopping／shopping.parenting.com.tw
海外．大量訂購／parenting@cw.com.tw
書香花園／台北市建國北路二段6巷11號 電話（02）2506-1635
劃撥帳號／50331356 親子天下股份有限公司

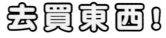

去買東西！

文．圖 佐藤和貴子　選書翻譯 林真美

「去幫我買東西。」

「不要，外面在下雨。」

「那就撐傘去啊！」

「可是，腳會溼。」

「那就穿雨鞋啊！」

「可是，衣服會溼耶！」

「那就穿雨衣啊！」

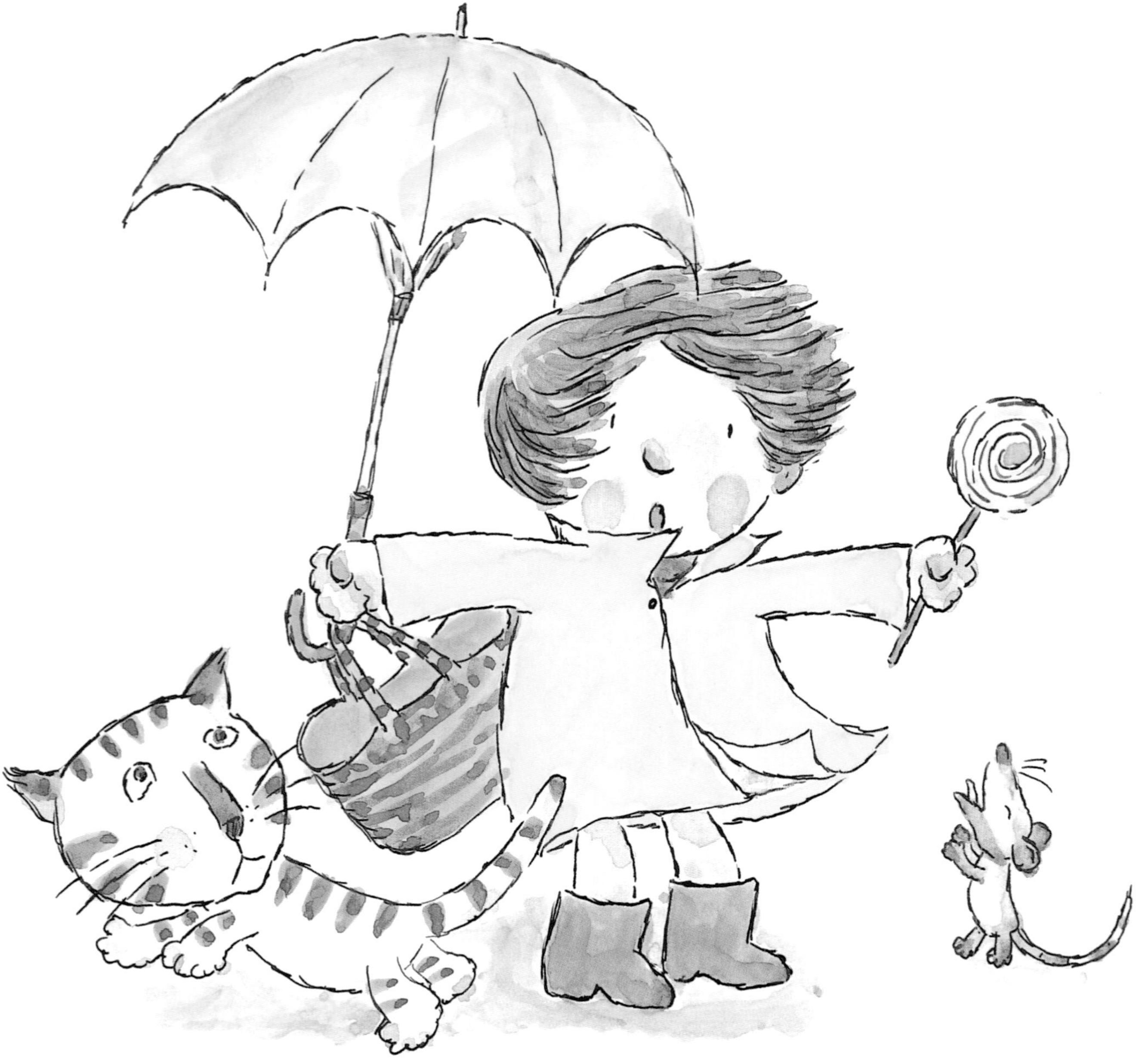

「我最討厭頭髮被風吹得亂七八糟了。」

「那就戴上帽子！」

「可是，可是……」

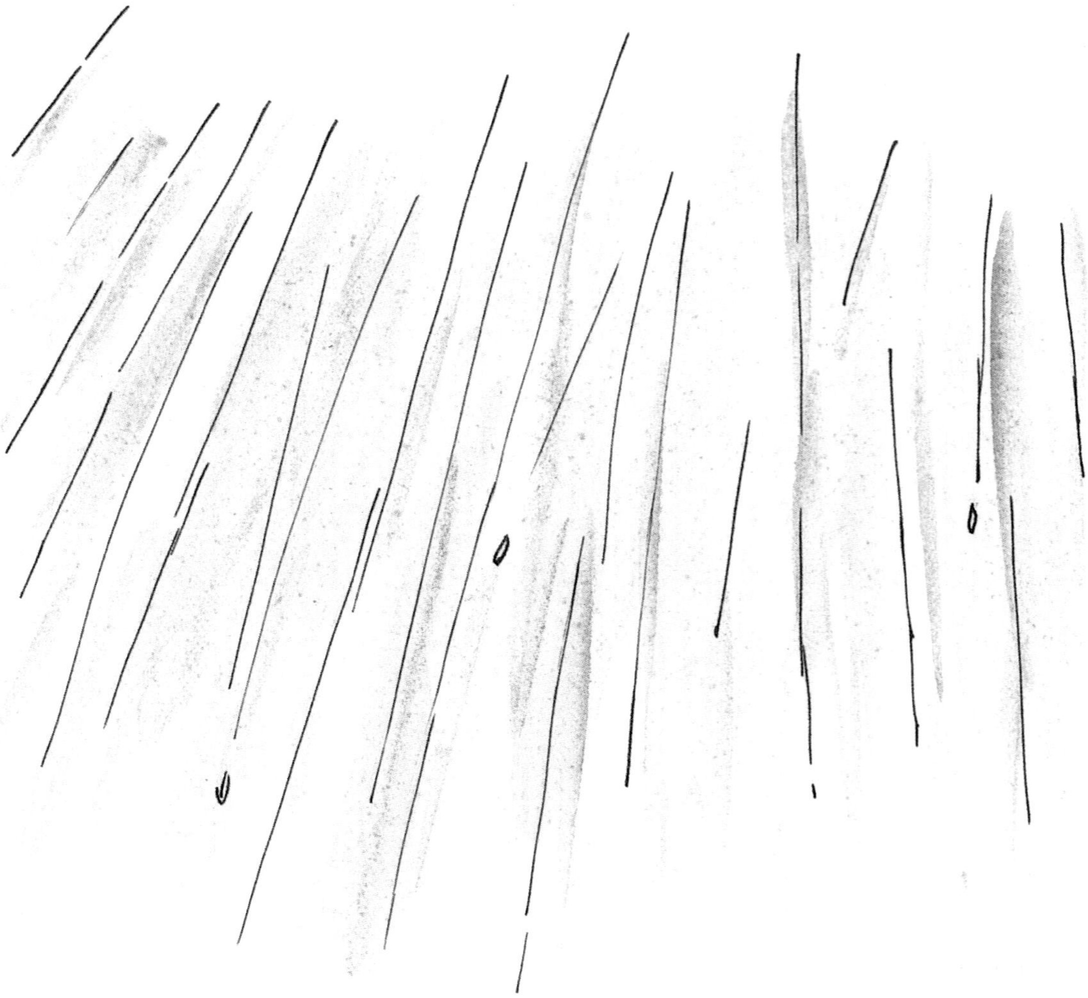

「還不

快去！！！」

「可是，萬一……萬一喔……」

「萬一鬧水災的話，怎麼辦？」

「要是船翻了，怎麼辦？」

「要是水跑到眼睛裡面， 會痛耶！」

「如果游泳，肚子就會餓。最後，會死翹翹的。」

「唉，走吧！」

關於作者——

佐藤和貴子

1937年生於日本東京。都立大泉高中畢業。師事高橋正人，曾從事設計工作。
70年代開始發表繪本創作，代表作為《曾曾曾祖母》（ばばばあちゃん）系列。
為兒童出版美術家連盟會員、日本兒童文學者協會會員，並於長野縣諏訪湖畔創立「小小繪本美術館」（小さな絵本美術館）。

關於譯者——

林真美

國立中央大學中文系畢業，日本國立御茶之水女子大學兒童學碩士。
1992年開始在國內推動親子共讀讀書會，1996年策劃、翻譯【大手牽小手】繪本系列（遠流），2000年與「小大讀書會」成員在台中創設「小大繪本館」。2006年策劃、翻譯【美麗新世界】（親子天下）繪本系列及【和風繪本系列】（青林國際），譯介英、美、日……繪本逾百。目前在大學兼課，開設「兒童與兒童文學」、「兒童文化」等課程。除翻譯繪本，亦偶事兒童文學作品、繪本論述、散文、小說之翻譯。如《繪本之眼》（親子天下）、《夏之庭》（星月書房）、《繪本之力》（遠流）、《最早的記憶》（遠流）……等。《在繪本花園裡》（遠流）則為早期與小大成員共著之繪本共讀入門書。